À tous les surfeurs, les petits et les grands,
et à ceux qui veulent le devenir !

Auteur : Nadine Röder
Texte, illustrations, couverture et graphisme : copyright © Nadine Röder, 2021
Impression et reliure : Blurb, Inc., USA

Première édition en langue allemande en 2021. Titre original :
GASTON und PHILIPPE - Die Surfschule

Traduction de l'allemand : Catherine Livet

www.nadineroeder.com

GASTON et PHILIPPE

L'école de surf

NADINE RÖDER

Voici Philippe et Gaston.

Ils ont fondé une école de surf, le SURFING ANIMALS CLUB. Et ils en sont sacrément fiers ! Ensemble, ils forment une très bonne équipe.

Avec leurs élèves, ils ne s'ennuient jamais :
il y a toujours quelque chose qui se passe ! En plus, le
surf, c'est deux fois plus amusant à plusieurs.

Les cours ne se déroulent pas juste dans l'eau. Les élèves doivent aussi passer du temps sur les bancs de l'école.

Certains trouvent ça plutôt ennuyeux.
Jean, la souris, préfère aller surfer dans les vagues.
Mais si on ne sait rien des courants, des marées et
des conditions météorologiques, la mer, ça peut être
dangereux.

« Savez-vous d'où viennent les vagues ? »,
demande Gaston.

« Elles naissent
du vent ! », répond
Thierry, la taupe.

« Exact ! Les vagues
naissent des tempêtes,
là-bas, au large ! »,
dit Gaston.

Et il l'explique si bien que tous l'écoutent
avec la plus grande attention.

Puis c'est enfin l'heure de la leçon en mer. Jean, c'est toujours le premier à l'eau !

Thierry préfère ramer tranquillement : c'est toujours le dernier à rejoindre les autres.

Napoléon, le petit rouge-gorge, essaie d'attraper une vague après l'autre — en vain.

Au bout d'un moment, il y arrive enfin et surfe la vague à la perfection.

« Ouf ! Surfer, c'est sacrément dur ! », se plaint-il auprès de Jack, la grenouille. Jack non plus, il ne trouve pas ça facile. Mais il reste serein.
« On va y arriver ! », a-t-il l'habitude de dire.
« C'est en surfant qu'on devient surfeuron...
euh, surfeur ! »

Voilà Thierry qui passe ; il se tient debout avec élégance sur sa longue planche. Cette taupe a un sacré talent ! Et pourtant, elle est presque aveugle.

« Bravo, Thierry ! », lui lancent tous ses camarades.

Louis, le coquillage, se débrouille très bien lui aussi.
Mais souvent, personne ne le remarque :
il est si petit !

À la fin de l'après-midi, tous sortent de l'eau — fatigués, mais heureux. Et ils se réjouissent déjà : le soir, ils ont prévu de regarder un film dans le jardin de Jack.

Personne n'a remarqué les trois paires d'yeux qui
les épient depuis un certain temps déjà.
... Personne, sauf Louis, le plus petit de tous.

Le soir, enfin, toute la bande est réunie dans le beau jardin de Jack.

Jack a cuisiné une délicieuse potée de légumes et en dessert, il y a de la glace aux myrtilles.
Après le dîner, la bande d'amis regarde le film sur le surf apporté par Gaston. Enthousiastes, nos surfeurs en herbe rêvent d'être aussi bons que ceux du film.

Une fois de plus, personne ne remarque les créatures qui les épient, cachées dans les buissons... personne, sauf Louis.

À la fin de la soirée, les amis prennent congé de Jack et rentrent chez eux.

Louis, qui habite avec Gaston, veut lui parler des mystérieux observateurs.

Mais tout
compte fait,
il ne dit rien.

Il veut d'abord découvrir qui les
espionne — et surtout, pourquoi.

Le lendemain, le temps est radieux, une fois de plus. « Vite à l'eau pour la prochaine leçon de surf ! », s'écrie Jean, tout excité. Comme toujours, c'est le premier à se lancer dans les vagues.

Cette fois-ci, Philippe et Gaston montrent à leurs élèves comment faire un virage.

Tout le monde essaie de les imiter et s'exerce à cette
nouvelle manœuvre.

Tôt ou tard, la plupart y
parviennent.

Sauf le petit Napoléon : il n'y
arrive pas, une fois de plus.
Quelle frustration !

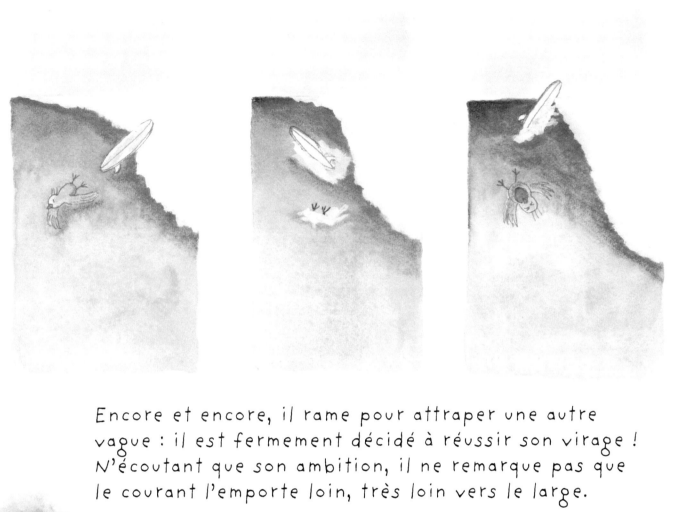

Encore et encore, il rame pour attraper une autre vague : il est fermement décidé à réussir son virage ! N'écoutant que son ambition, il ne remarque pas que le courant l'emporte loin, très loin vers le large.

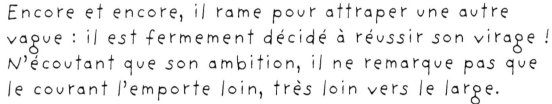

Lorsqu'il s'en rend compte, il prend peur et se met à ramer à toute vitesse pour revenir près de la côte et rejoindre les autres. Le pauvre est déjà à bout de forces : il n'arrive même plus à s'envoler.

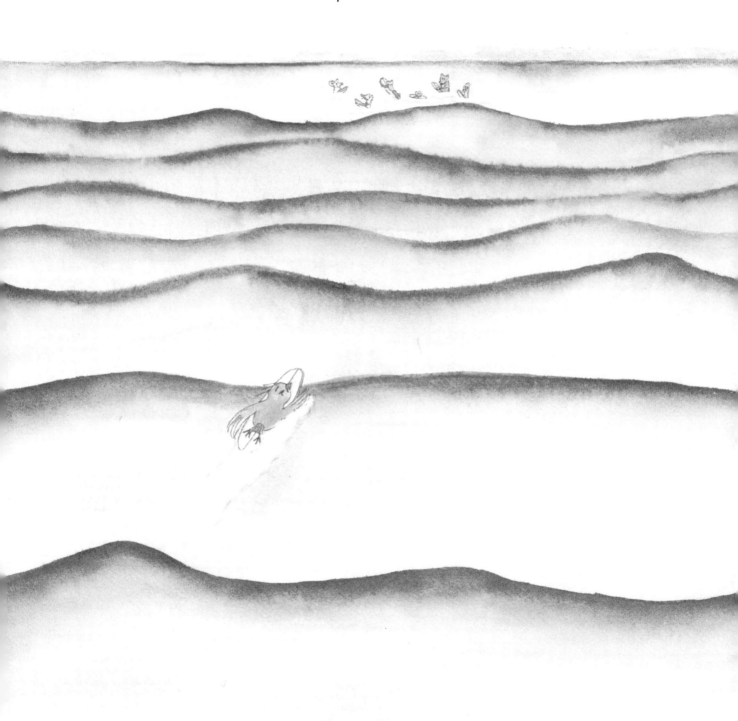

Philippe et Gaston remarquent avec inquiétude que Napoléon est en détresse. Ils se lancent à sa rescousse, mais leur élève est tout simplement trop loin.

Alors, Napoléon se met à pleurer à chaudes larmes.

Mais voilà que soudain, comme par magie, des sauveteurs surgissent. Ils ramènent le petit oiseau affaibli à la terre ferme.

Napoléon n'arrive pas à y croire.

Débordant de gratitude, il serre ses
sauveteurs très fort dans les bras.

Peu après, les autres surfeurs surexcités arrivent eux aussi à la plage. Ils filent auprès de leur ami rescapé.

Ils trouvent Napoléon entouré de trois bécasseaux.

Philippe est le premier à dire quelque chose :
« Bravo, vous êtes nos héros !
Vous avez sauvé notre élève Napoléon ! »

Tout le monde pousse des cris de joie.

« Qui êtes-vous ? Et comment avez-vous
vu Napoléon, comment vous êtes-vous
rendu compte qu'il a besoin d'aide ? »

Avant que les bécasseaux ne puissent
répondre, Louis s'empresse de dire :

« Ça fait un bout de temps qu'ils nous
observent et je me demandais pourquoi. »

« Excusez-nous ! On vous a observés en cachette, parce qu'on aimerait tant apprendre à surfer et faire partie de votre bande. Mais on n'a jamais osé demander ! », avoue timidement l'un des bécasseaux.
« On s'appelle Harry, Henry et Hugo. »

« Bien sûr que vous pouvez nous rejoindre... C'est évident, enfin ! », s'exclame Gaston.
« Tout le monde peut apprendre à surfer ! Bienvenue au SURFING ANIMALS CLUB ! »

Tous se réjouissent de voir trois nouveaux membres arriver au club. Quel enthousiasme ! Et en plus, ce sont trois courageux héros.

Le soir, les amis se réunissent pour fêter le sauvetage de Napoléon.

Ils font un grand feu de camp sur la plage et Jack joue ses plus belles chansons à la guitare. Quel bonheur d'écouter les flammes qui crépitent et la merveilleuse musique de Jack !

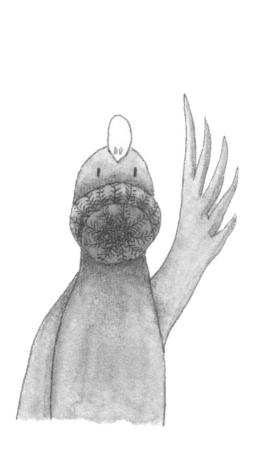

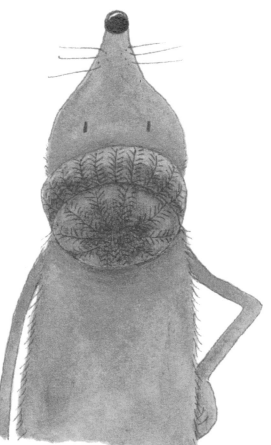

La nuit est claire et ensemble, les amis admirent le ciel étoilé. On voit même la constellation du canard surfeur !

Quelles seront donc leurs prochaines aventures ?

Louis, le coquillage, a déjà sa petite idée :
il a écouté en cachette Gaston et Philippe en parler.
Mais il ne le dit à personne.

CPSIA information can be obtained
at www.ICGtesting.com
Printed in the USA
LVRC082111111121
702892LV00013B/57

*9 781006 512230 *